DISNEY PRINCESS

迪士尼公主
經典故事集 1

灰姑娘及美女與野獸

新雅文化事業有限公司
www.sunya.com.hk

迪士尼公主經典故事集①

灰姑娘 及 美女與野獸

翻　　　譯：羅睿琪
責任編輯：潘曉華
美術設計：何宙樺
出　　　版：新雅文化事業有限公司
　　　　　　香港英皇道 499 號北角工業大廈 18 樓
　　　　　　電話：(852) 2138 7998
　　　　　　傳真：(852) 2597 4003
　　　　　　網址：http://www.sunya.com.hk
　　　　　　電郵：marketing@sunya.com.hk
發　　　行：香港聯合書刊物流有限公司
　　　　　　香港荃灣德士古道 220-248 號荃灣工業中心 16 樓
　　　　　　電話：(852) 2150 2100
　　　　　　傳真：(852) 2407 3062
　　　　　　電郵：info@suplogistics.com.hk
印　　　刷：中華商務聯合印刷（廣東）有限公司
　　　　　　廣東省深圳市龍崗區平湖街道鵝公嶺春湖工業區 10 棟
版　　　次：二〇一八年五月初版
　　　　　　二〇二四年三月第七次印刷

Based on the stories by Disney Princess Read-Along Storybook.
Illustrated by the Disney Storybook Art Team.
"*Cinderella*" produced by Ted Kryczko and Jeff Sheridan. Adapted by David Watts.
"*Beauty and the Beast*" produced by Jeff Sheridan.

ISBN: 978-962-08-7031-6

Published by Sun Ya Publications (HK) Ltd.
18/F, North Point Industrial Building, 499 King's Road, Hong Kong
Published in Hong Kong SAR, China
Printed in China

DISNEY
PRINCESS

迪士尼公主
經典故事集 **1**

～ 灰姑娘 ～

從前，有一個善良又漂亮的女孩名叫灰姑娘，她與她惡毒的後母
杜明尼夫人，還有兩個自私自利的繼姊安蒂與狄茜一起生活。

每天早上，灰姑娘都會向她的朋友小老鼠與小鳥訴說自己的夢境。「這些夢境是我的心在我沉睡時許下的願望。只要我相信這些夢境會成真，那麼有朝一日它們就會實現！」

有一天，王宮裏送來了一封舞會請柬。「國王將為王子舉行一場
皇家舞會，王國裏每一個年輕女孩都要來參加！」送信使者說。

兩個繼姊都興奮極了，灰姑娘也不例外。她滿懷希望地說：「『每一個年輕女孩』，那就是說我也可以參加舞會了！」

　　灰姑娘的繼姊們放聲大笑，而她的後母則狡詐地笑了。她說：「你可以去參加舞會 —— 只要你做完所有工作和找到適合的禮服！」

　　舞會舉行那天，灰姑娘的後母和繼姊們整天呼喝着要她做各種工作。灰姑娘的老鼠和小鳥朋友們難過地看着忙得團團轉的灰姑娘。「可憐的灰姑娘。她們要灰姑娘忙不過來，令她永遠無法縫製好她的裙子。」

　　這時他們想出一個好主意！「我們可以幫灰姑娘縫製裙子呀！」於是，他們便開心地分工合作起來，很快便完成了一條漂亮的裙子。

黃昏時，灰姑娘拖着疲倦的身軀爬上樓梯，回到她在閣樓的小房間。

當灰姑娘看見朋友們為她縫製的舞會禮服時，她感動得幾乎說不出話來：「啊！我要怎麼……噢，謝謝你們！」

灰姑娘換上禮服，打扮妥當後，便趕忙下樓。她對着準備出門的後母和繼姊大喊：「等一下！求求你們！等等我！」

　　安蒂與狄茜看見灰姑娘打扮得十分漂亮，嫉妒得怒火中燒，便動手將灰姑娘的禮服撕破。

　　「夠了，乖女。」杜明尼夫人終於出言阻止，「別在舞會舉行前讓自己不開心。我們是時候出發了。」

　　她們無情地大笑起來，一起離開了。

灰姑娘的心碎了。她跑到花園裏低聲啜泣。
「無論我怎樣努力也改變不了現實，我無法相信
任何事情了！」

　　突然間，灰姑娘聽到一把歡愉的聲音說：「胡說八道，傻孩子。如果你不相信夢想，我就不會在這裏出現……現在我來啦！」

　　灰姑娘抬頭一看，見到一個老婦人正對着她微笑。「我是你的仙女教母。快擦拭眼淚，我們得趕快動身了！」仙女教母慈祥地說。

「首先，我們需要一個南瓜和一些小老鼠。然後唸出魔法咒語：嗎哩嗎哩空！」仙女教母將神仙棒一揮，便將南瓜變成一輛馬車，而小老鼠們也幻化成數匹白馬。

仙女教母催促着灰姑娘登上馬車，但灰姑娘難過地說：「可是……可是……你看看我的裙子。」

「對啦，對啦……這是很重要的事 ── 我的老天，好孩子！你不可以穿成這樣就走。你需要一條新裙子。嗯，交給我好了。這裙子會變得很漂亮的！嗎哩嗎哩空！」

15

仙女教母再揮動她的神仙棒，灰姑娘的一身破布便變成了一件閃閃發亮的華麗禮服。她的雙腳也穿上了一對小巧、玲瓏剔透的玻璃鞋，閃爍着如星星般的亮光。

「啊，我的美夢成真了！」

灰姑娘激動地說。

不過，仙女教母提醒灰姑娘：「到了午夜十二時正，魔法就會失效，一切都會變回之前的模樣。」

灰姑娘向仙女教母送出一個飛吻，然後登上馬車，馬車便飛快地往王宮奔去。

與此同時，在舞會上，大公爵與國王看着王子禮貌地與一個接
一個的年輕女孩打招呼，可是臉上卻露出悶極無聊的表情。

然後，突然之間，舞廳變得一片寂靜。

王子望向舞廳的大門。有一個可愛的女孩穿着如星星般閃爍生輝的裙子站在門前，吸引住在場所有人的目光。她就是灰姑娘，不過她的後母和兩個繼姊都認不出她。「她是誰呀？媽媽。」安蒂問。

　　「我不知道，但她似乎有點眼熟。」杜明尼夫人說。

這一刻，王子知道自己找到了夢想中的另一半了。「賞面跟我共舞嗎？」隨着樂聲響起，他們繞着舞廳翩翩起舞，不知不覺間來到外面的花園去。沒多久，王宮的大鐘響起了午夜鐘聲。

「噢，我的天！已經是午夜十二時了！我必須走了！再見！」

　　灰姑娘奔跑着離開時，王子在她身後急急追趕。「等一等！請你回來！我還不知道你的名字！」

　　灰姑娘穿過舞廳，跑下宮殿的階梯時，遺下了一隻玻璃鞋。

　　大鐘繼續一聲聲地響着……

灰姑娘跳上馬車，飛快地離開了。

魔法忽然解除了。馬車變回一個南瓜，馬匹變回了小老鼠，
而灰姑娘也穿回破破爛爛的衣服。

第二天，國王發出一則皇家公告。「王國裏每一個年輕女孩都必須試穿那一隻玻璃鞋。腳的大小與玻璃鞋剛好吻合的女孩就能與王子結婚。」

灰姑娘無法隱藏內心的喜悅，終於被後母發現了她的秘密。「原來灰姑娘就是王子尋找的女孩。哼，他永遠不會找到灰姑娘的！」於是，她將灰姑娘鎖在閣樓的房間裏。

「求求你！你不能這樣做！求求你讓我出去！」灰姑娘叫道。

不過，後母對灰姑娘的喊叫無動於衷。

　　過了不久，大公爵和皇室的侍從帶着那隻玻璃鞋來到灰姑娘的家門前了。她的後母和兩個繼姊都擠出最甜美的笑容，熱情地邀請他們進來。安蒂和狄茜想盡辦法，要將自己的腳塞進玻璃鞋裏！

不過，儘管安蒂和狄茜用盡力氣又推又擠，她們都無法將腳塞進玻璃鞋裏。「我真不明白這是為什麼！它之前是完全合腳的呀！」

與此同時，灰姑娘的老鼠朋友們努力嘗試，趁着後母不留神時，從她的口袋裏取走閣樓房間的鑰匙。

接着，他們吃力地將鑰匙一路搬上樓梯，帶到閣樓去。「這、這邊走。抬着鑰匙向上、向上、再向上跑。要快點兒！」他們將鑰匙從灰姑娘的房門下面滑進房間裏。灰姑娘自由了！

在樓下，大公爵知道灰姑娘的兩個繼姊都不是他要找的那個女孩。他問：「這家裏還有其他年輕女孩嗎？」

「沒有其他人了，大公爵閣下。」杜明尼夫人答道。

就在大公爵轉身離開的時候，灰姑娘跑下樓梯，叫道：「大公爵閣下！大公爵閣下！我可不可以試穿這隻玻璃鞋？」

當侍從將玻璃鞋拿給灰姑娘時，杜明尼夫人故意絆倒他，令他跌在地上！玻璃鞋砸成了多塊碎片，大公爵頓時嚇壞了！

灰姑娘笑着伸手探向自己的口袋，說：「也許我幫得上忙。你看，我有另一隻玻璃鞋。」

杜明尼夫人和兩個繼姊倒抽了一口氣。大公爵彎下身子，將那隻玻璃鞋輕輕穿在灰姑娘小巧的腳上。玻璃鞋正好合穿！

　　不久之後，婚禮的鐘聲響遍了整個王國。就在這對愉快的新人乘坐皇家馬車離開時，灰姑娘才明白到自己一直以來的想法是對的。只要你堅持信念，夢想終會成真。

　　從此，灰姑娘和王子便一起過着快樂的生活了。

Disney PRINCESS

迪士尼公主
經典故事集 1

美女與野獸

從前，有一個年輕的王子住在一座巨大的城堡裏。在一個寒冷的晚上，一個行乞的老婦人來到城堡裏，向王子獻上一朵玫瑰，希望換取一個棲身的地方。不過王子看不起老婦人的禮物，冷笑着把她趕走了。

突然，老婦人化身成一個美麗的魔法師，接着更將王子變成了一頭可怕的野獸！

魔法師又施展魔咒，將城堡裏的僕人變成物件，然後留下了一面魔法鏡子與那朵玫瑰。要破解魔咒，王子便要在最後一片玫瑰花瓣掉落之前墮入愛河，並獲得對方的真愛。

在城堡附近一條小村莊裏，住着一個漂亮的年輕女子，她的名字叫貝兒。貝兒走進村裏的書店時，書店店主送了她一本書。

「這是我的最愛！遙遠的國度、刺激的劍擊對決、魔法咒語、以偽裝掩飾自己真正身分的王子……噢，真是太感謝你了！」貝兒興奮地離開書店，邊走邊看起書來。

沒多久，一個名叫加斯頓的獵人來到貝兒身邊，一把將那本書從她手上搶走。「你是時候從書本中抬起頭來，留意一下更重要的事物了 —— 例如我。」

　　加斯頓的朋友來富也來了，還無緣無故開始侮辱貝兒的父親莫維斯。莫維斯是個發明家。

　　「我的父親不是瘋子！他是個天才！」貝兒說着，便向父親的小屋跑去。

貝兒回到家中，便告訴父親村民正在取笑他。

「別擔心，貝兒。我的發明品將會讓我們的生活徹底改變。」莫維斯要到鎮上的市集去推銷他最新的發明品。他跳到愛駒費立的背上，向城鎮出發。

　　不過莫維斯迷路了，他與費立最終來到一個漆黑一片、濃霧瀰漫
的森林。突然間，一大羣野狼把他們重重包圍！費立猛然立起身子，
莫維斯便從馬上摔下來，而費立則一溜煙跑掉了。

　　莫維斯又驚又怕，他拔足狂奔穿越森林，狼羣緊隨在他身後。當
莫維斯跑到一道高聳的閘門前，他立即打開閘門跑進去，然後在憤怒
的狼羣眼前「砰」的一聲，使勁關上閘門。

　　莫維斯抬頭一看，發現前面是一座宏偉的城堡。他走向城堡的大門敲了敲。

　　「請問有人在嗎？我的馬兒不見了，我需要找個地方借宿一晚。」

　　「當然可以呀，先生！歡迎你來這裏！」

　　莫維斯往下看，只見一個小壁鐘和一個燭台目不轉睛地看着他。「這不可能！為什麼……你們是活的！」

　　名叫盧米亞的燭台帶領莫維斯走進城堡裏。

突然，一把巨大的聲音響起來。「有陌生人在這裏！」一個魁梧的身影從城堡的陰暗處冒出來。原來那是野獸！

莫維斯向野獸苦苦哀求。「求求你……我需要一個地方容身。」

不過野獸沒有理會莫維斯，二話不說就把他鎖了起來。

這時，留在家中的貝兒聽見了一陣敲門聲。

「加斯頓！」貝兒無奈地說。

「貝兒啊，這城鎮上沒有一個女孩不想變成你。你知道這是為什麼嗎？因為我想娶你！」

貝兒拒絕了加斯頓的求婚。她不喜歡這個自以為是的惡霸。加斯頓非常失望地離開了。

　　一會兒後，貝兒走到屋外，發現只有費立回來了。「費立！你在這裏做什麼？爸爸在哪裏？」

　　這匹馬焦急地哀鳴起來。貝兒非常擔心，立即跳到費立背上，費立便帶着她前往那個神秘的森林。沒多久，他們便看見遠方的一座城堡。

　　貝兒跑向城堡並偷偷潛入去。她穿過一條寂靜、漆黑的廊道，四處尋找着父親的蹤影。一會兒後，她發現了父親被困在一座塔樓裏。「爸爸！我要把你救出去！」貝兒焦急地說。

　　突然，貝兒聽到一把巨大的聲音在陰暗處大叫起來：「你在這裏做什麼？」

貝兒倒抽了一口氣。在她面前站着的，是一頭巨大的野獸！
「求求你，放我的爸爸離開吧。讓我來代替他！」貝兒懇求地說。
　　「你會……代替他？」野獸問。
　　在貝兒答應會留下來永遠陪伴野獸後，野獸便放走了莫維斯。

　　回到村莊後，莫維斯跑進了一間小酒館，看見了加斯頓和他的朋友。

　　「拜託，我需要你們幫忙！有一頭可怕的野獸將貝兒困在城堡的地牢裏！」

　　所有人聽到後都放聲大笑起來，認為莫維斯發瘋了。不過，莫維斯顛三倒四的故事卻令加斯頓想出了一個主意⋯⋯

在城堡裏，野獸帶貝兒來到她的房間。「你可以隨意去任何地方，但絕不能踏足城堡的西翼。」

「西翼裏有什麼？」

「那裏是禁地！」野獸踏着重重的腳步離開了。

貝兒跑進她的房間。「我永遠無法逃出他的囚牢，也無法再見到我的父親了！」

貝兒的新朋友 —— 那些被施了魔咒的家具 —— 嘗試逗她開心，但她實在太難過了。

當天晚上，貝兒覺得心情好一點了，盧米亞便帶她到飯廳吃晚餐。

當餐盤們為貝兒送上美味的食物時，餐巾、杯子和匙子便開始翩翩起舞。貝兒看得高興極了！

　　吃過晚餐後，貝兒無意中走進了被列為禁地的城堡西翼。在那裏，她發現了那朵魔法玫瑰正在玻璃罩下閃閃發亮。她伸出手想要提起那個玻璃罩……

不過，原來野獸一直暗中看着貝兒！他察覺到貝兒的意圖後便暴跳如雷，咆哮道：「我警告過你絕不能來這裏的！給我馬上滾出去！」

貝兒被嚇得驚惶失措，匆匆逃出了城堡。

在城堡外，貝兒找到了費立。她騎上費立後，費立便向着村莊發足狂奔。

突然間，一大羣飢餓的野狼將他們重重包圍！野狼逐步迫近貝兒，露出白森森的利齒。

　　這時候，野獸出現了！野狼紛紛攻擊他。在一聲震耳欲聾的怒吼中，野獸將所有野狼趕走了。可是，野獸隨即因受重傷而跌倒地上。貝兒深知這是逃走的好機會，但她無法丟下野獸不管。

　　「來吧，我扶你騎上費立，我會幫你返回城堡的。」

回到城堡後，貝兒小心翼翼地為野獸清洗和包紮傷口。

「謝謝你救了我。」貝兒溫柔地說。

原本因為貝兒逃走而生氣的野獸，得到貝兒的細心照料後終於微笑起來。

為了表示他有多感激貝兒留下來，他批准貝兒使用城堡裏漂亮的圖書館。

貝兒開心極了。望着倦極入睡的野獸，貝兒心想：「野獸的外表雖然可怕，但其實心地不錯呢。」

　　與此同時，加斯頓正計劃將貝兒的父親送到瘋人院。唯一讓他打消這個念頭的，就是貝兒答應嫁給他。加斯頓深信，貝兒很快便會成為他的妻子。

隨着時間過去，貝兒和野獸成為了好朋友。

有一天，貝兒看着野獸嘗試餵飼一羣小鳥。小鳥們看到食物，紛紛向野獸飛來，把野獸鬧得手忙腳亂。「啊！現在該怎麼辦？」貝兒笑了起來，連忙走到野獸身邊幫助他。

這一天，貝兒再次確定雖然野獸外表粗魯，但其實內心善良又溫柔。

　　一天晚上，在盧米亞和一眾家僕的安排下，貝兒和野獸穿上了華麗的服飾，準備一起享用一頓豐富的晚餐。

　　用餐時，野獸一直緊記着要保持餐桌禮儀，希望給貝兒留下好的印象。他們兩人都享受了一段美好的時間。

　　晚餐過後，貝兒教野獸怎樣跳舞。他們優雅地滑步，在舞池裏翩翩起舞。

　　野獸感到前所未有的快樂。他問貝兒是否也覺得開心。

　　「嗯，我覺得很開心，現在我唯一的願望就是見到我的爸爸。我太想念他了。」貝兒說。

　　「我有一個方法。」野獸說。

　　一會兒後，野獸給貝兒帶來那面魔鏡。當貝兒許願希望見到她的
父親時，莫維斯的影像便在鏡面上浮現。他在森林裏迷路了。

　　野獸凝望着貝兒那一臉愁容，終於決定讓貝兒離開 —— 即使那意
味着自己永遠無法變回人類。他把魔鏡交給貝兒。「把魔鏡帶走吧。
這樣你便永遠能夠回望過去發生的事情，永遠記住我。」

不久，貝兒便找到她的父親。不過片刻之間，一大羣村民便抓住了莫維斯，將他帶走！

　　加斯頓摟住貝兒。「我可以幫你澄清這場小誤會 —— 只要你嫁給我。」

　　「我是絕對不會嫁給你的。我爸爸不是瘋子！我可以作證！」貝兒向加斯頓展示了那面魔鏡。野獸的身影在鏡中顯現了。

　　加斯頓高呼：「我們要將這頭野獸殺死，為民除害！」接着，他便和村民一同向城堡進發。

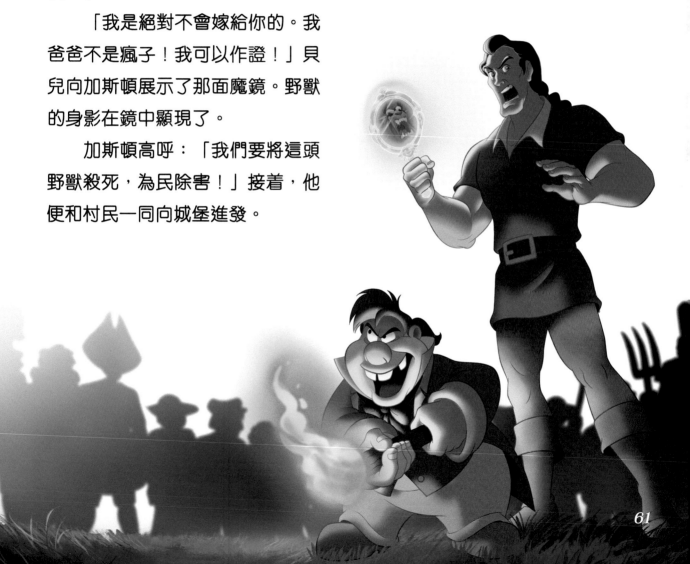

他們來到城堡後，加斯頓找到了野獸，並對他步步進逼，最後來到屋頂上。他們打得十分激烈，最後加斯頓失去平衡，掉落到地上。

野獸也受了重傷，倒在地上，一動也不動。貝兒跑到他身邊，大聲哭叫：「不要死！求求你！我愛你！」

　　貝兒說罷，野獸的身體徐徐地升上半空，他被閃爍的光芒包圍住。貝兒對野獸表白了愛意，那代表施加在野獸身上，還有所有家具身上的魔咒已經被破解了！

野獸變回一個英俊的王子了！

「貝兒，是我！」

「是你！」

真愛破解了魔咒，從此貝兒與野獸便過着幸福快樂的生活。